Arthur Conan Doyle

L'Illustre client

© 2023 Culturea Editions

Texte et illustration de couverture : © domaine public
Edition : Culturea (Hérault, 34)
Contact : infos@culturea.fr
Retrouvez notre catalogue sur http://culturea.fr
Imprimé en Allemagne par Books on Demand
Design typographique : Derek Murphy
Layout : Reedsy (https://reedsy.com/)

Dépôt légal : janvier 2023
Tous droits réservés pour tous pays

ISBN : 9791041928316

Table des matières

L'illustre client

– Maintenant, elle ne peut nuire à personne.

Tel fut le commentaire de M. Sherlock Holmes quand, pour la dixième fois au moins, je lui demandai l'autorisation de publier l'histoire qui va suivre.

Et voilà comment j'obtins enfin la permission de perpétuer pour le public un moment, par certains côtés un sommet, de la carrière de mon ami.

Holmes comme moi avait une faiblesse pour le bain turc. C'était dans la vapeur d'une chambre chaude que je le trouvais le moins réticent et le plus humain. A l'étage supérieur de l'établissement de Northumberland Avenue, il y a un coin isolé avec deux canapés jumeaux ; nous les occupions le 3 septembre 1902, jour où commence mon récit.

Je lui avais demandé si quelque chose de passionnant était en train ; pour toute réponse, il avait sorti des draps qui l'enveloppaient son long bras mince et nerveux, et il avait extrait du manteau suspendu à côté de lui une certaine enveloppe.

– Voilà qui émane peut-être d'un faiseur d'embarras, me dit-il en me tendant le billet qui y était inclus. Mais il peut aussi bien s'agir d'une question de vie ou de mort. Je ne sais rien de plus que ce que contient ce message.

L'en-tête était celle du Carlton Club, la date celle de la veille au soir. Le texte était le suivant :

« Sir James Damery présente ses compliments à M. Sherlock Holmes, et se rendra chez lui demain à quatre heures et demie. Sir James se permet de préciser que l'affaire à propos de laquelle il désire consulter M. Holmes est très délicate, et aussi très importante. Il espère donc que M. Holmes s'efforcera de se rendre libre, et qu'il lui confirmera son accord par téléphone au Carlton Club. »

– Bien entendu j'ai confirmé, me dit Holmes quand je lui rendis le message. Connaissez-vous quelque chose sur ce Damery ?

– Simplement que son nom est un passe-partout dans la haute société.

– Moi, je peux vous en dire un peu plus. Il a vaguement la réputation d'arranger des affaires délicates dont les journaux ne parlent pas. Vous vous rappelez sans doute ses négociations avec sir George Lewis pour l'affaire du testament Hammerford. C'est un homme du monde naturellement enclin à la diplomatie. Je suis donc obligé de croire que la piste n'est pas mauvaise et qu'il a réellement besoin de notre assistance.

–Vous avez dit : « notre » ?

– Mais oui, si vous y consentez, Watson.

– J'en serai très honoré.

– Vous connaissez l'heure : quatre heures et demie. D'ici là, n'en parlons plus.

A cette époque j'habitais un appartement dans Queen Anne Street, mais j'arrivai à Baker Street légèrement avant l'heure convenue. Sir James Damery se fit annoncer avec exactitude. Faut-il décrire le personnage ? Tout le monde se souvient de ce gros homme honnête, un peu snob, de son large visage rasé et, surtout, de sa voix moelleuse, agréable. Ses yeux gris brillaient de franchise, et la bonne humeur se lisait autour de ses lèvres souriantes, mobiles. Son chapeau clair, sa redingote noire, tous les détails de son costume, depuis la perle qui était posée sur sa cravate de satin sombre jusqu'aux guêtres couleur de lavande sur les souliers vernis, illustraient le soin méticuleux qu'il consacrait à s'habiller et qui l'avait rendu célèbre. Notre petite pièce semblait écrasée par la présence de ce grand aristocrate dominateur.

– Naturellement, je m'attendais à rencontrer le docteur Watson ! fit-il avec une courtoise inclination de tête. Sa collaboration peut s'avérer très utile, car nous avons affaire en cette occasion, monsieur Holmes, avec un homme qui ne recule littéralement devant rien, et en particulier la violence. Je crois que dans toute l'Europe il n'existe pas d'individu plus dangereux.

– J'ai eu plusieurs adversaires auxquels s'appliquait ce terne flatteur, répondit Holmes en souriant. Fumez-vous ? Alors vous voudrez bien m'excuser car j'allume ma pipe. Si votre homme est plus dangereux que feu le professeur Moriarty ou que le colonel Sebastian Moran (toujours en vie celui-là), il vaut la peine que vous me le présentiez. Puis-je vous demander comment il s'appelle ?

– Avez-vous jamais entendu parler du baron Gruner ?

– De cet assassin autrichien ?

Sir James Damery retira ses gants glacés et se mit à rire.

— Il n'y a pas moyen de vous battre, monsieur Holmes ! Merveilleux ! Ainsi vous savez déjà que c'est un assassin ?

— C'est mon métier de suivre dans les détails les affaires criminelles du continent. Qui aurait pu lire ce qui s'est passé à Prague et conserver des doutes sur la culpabilité de l'homme en question ? Il a fallu pour le sauver un point de droit et la mort suspecte d'un témoin ! Je suis aussi persuadé qu'il a tué sa femme dans ce prétendu « accident » au col du Splügen que si je l'avais vu l'assassiner. Je savais également qu'il était arrivé en Angleterre et que tôt ou tard il me donnerait du travail. Hé bien ! de quoi s'est rendu coupable le baron Gruner ? Je présume que ce n'est pas cette vieille tragédie qui ressort ?

— Non, il s'agit de quelque chose de plus grave. Venger un crime est important, mais en prévenir un est encore plus important. C'est terrible, monsieur Holmes, d'assister à la préparation d'un événement affreux, d'une situation atroce, d'entrevoir clairement à quoi elle aboutira, et d'être cependant impuissant. Un être humain peut-il se trouver placé dans une position plus pénible ?

— Difficilement.

— Alors vous sympathiserez avec le client dont je représente les intérêts ?

— Je n'avais pas compris que vous n'étiez qu'un intermédiaire. Qui est le principal intéressé ?

— Monsieur Holmes, je dois vous prier de ne pas insister là-dessus. Il est important que je puisse l'assurer que son nom respecté et estimé n'a été mêlé en rien à l'affaire. Ses motifs sont suprêmement honorables et chevaleresques, mais il préfère garder l'incognito. Inutile de vous préciser, n'est-ce pas, que vous recevrez des honoraires et que de ce côté vous avez les mains parfaitement libres. Je suis sûr que le nom réel de votre client ne vous intéresse guère ?

– Je regrette, dit Holmes. J'ai l'habitude de me heurter au mystère à un bout de mes affaires ; mais un mystère à chaque bout est trop compliqué. Je crains, Sir James, d'avoir à décliner votre proposition.

Notre visiteur était grandement troublé. Sa grosse figure sensible s'assombrit de déception.

– Vous mesurez mal l'effet de vos paroles, monsieur Holmes ! Vous me placez devant un dilemme fort grave, car je ne doute pas que vous seriez fier de prendre l'affaire en main si je vous en fournissais tous les éléments, et cependant une promesse m'empêche de vous en révéler un. Puis-je, du moins, vous exposer tout ce qu'il m'est permis de vous dire ?

– Si vous voulez, étant bien entendu que je ne m'engage en rien.

– Soit. Premier point : vous avez dû entendre parler du général de Merville ?

– De Merville, le célèbre chef militaire ? Oui.

– Il a une fille, Violet de Merville, jeune, riche, belle, accomplie : merveilleuse sous tous les rapports. C'est cette demoiselle, cette jeune fille adorable et naïve, que nous essayons de tirer des griffes d'un démon.

– Le baron Gruner exerce donc une emprise sur elle ?

– L'emprise la plus puissante, quand il s'agit d'une femme : il la tient par l'amour. Il est, comme vous le savez peut-être, extraordinairement bel homme ; il a des manières fascinantes, une voix douce, et cet air romanesque et mystérieux qui plaît tant aux demoiselles. On dit de lui qu'il tient tout le beau sexe à sa merci, et qu'il a maintes fois vérifié cette assertion.

— Mais comment un tel coquin a-t-il pu faire la connaissance d'une jeune fille comme Mlle Violet de Merville ?

— Ils se sont rencontrés au cours d'une croisière en Méditerranée. Bien que dûment sélectionnés, les passagers avaient payé leurs billets. Sans doute les organisateurs ignoraient-ils le véritable tempérament du baron Gruner. Le scélérat s'est attaché à la demoiselle avec un tel succès qu'il a gagné complètement, absolument, son cœur. Ce serait peu de dire qu'elle l'aime. Elle éprouve à son sujet une indulgence ridicule, elle en est obsédée. Hors lui, rien ne compte sur la terre. Elle ne supporte pas le moindre mot dirigé contre lui. Tout a été tenté pour la guérir de son mal : en vain. Bref, elle se propose de l'épouser le mois prochain. Comme elle est majeure et comme elle possède une volonté de fer, comment l'empêcher de faire cette sottise ?

— Connaît-elle l'épisode autrichien ?

— Le rusé démon lui a conté tous les scandales déplaisants de son passé, mais toujours de façon à se faire passer pour un martyr innocent. Elle n'écoute que sa version ; elle ne veut rien entendre des autres.

— Mon Dieu ! Mais vous avez sûrement par inadvertance laissé échapper le nom de votre client ? Il s'agit du général de Merville ?

Notre visiteur s'agita sur sa chaise.

— Je pourrais vous répondre par l'affirmative, monsieur Holmes, mais je vous mentirais. De Merville est anéanti. Cette histoire l'a complètement démoralisé. Les nerfs qu'il avait toujours conservés sur le champ de bataille se sont effondrés, et il est devenu un faible vieillard, à peu près gâteux, tout à fait incapable de lutter contre un coquin plein de vigueur et d'astuce comme cet Autrichien. Mon client est un vieil ami, qui connaît intimement le général depuis de longues années, et qui a voué à la jeune fille une sollicitude paternelle depuis le temps où elle portait des jupes courtes. Je ne vois rien qui puisse motiver une action de Scotland Yard. C'est à sa suggestion que je suis venu vous trouver, mais à la condition expresse qu'il n'apparaisse jamais dans l'affaire. Je ne mets pas en doute, monsieur Holmes, qu'avec vos grandes qualités vous puissiez identifier mon client en me pressant de questions, mais je dois vous demander votre parole de n'en rien faire et de préserver son incognito.

Le visage de Holmes s'éclaira d'un sourire malicieux.

– Je crois que je peux vous le promettre, dit-il. Et j'ajoute que votre problème m'intéresse, que je suis disposé à m'en occuper. Comment puis-je vous toucher le cas échéant ?

– On me trouvera toujours par l'intermédiaire du Carlton Club. Mais en cas d'urgence, voici mon numéro personnel : XX-31.

Holmes le nota et demeura assis, le même sourire aux lèvres, avec son carnet encore ouvert sur les genoux.

– L'adresse actuelle du baron, s'il vous plaît ?

– Vernon Lodge, près de Kingston. C'est une grande maison. Il a eu de la chance dans de récentes spéculations financières, plutôt douteuses d'ailleurs, et il est riche, ce qui le rend encore plus dangereux.

– Est-il à Londres à présent ?

– Oui.

— En dehors de ce que vous m'avez dit, ne pouvez-vous pas me donner de plus amples renseignements sur cet individu ?

— Il a des goûts dépensiers. C'est un fanatique des chevaux. Pendant quelque temps il a joué au polo à Hurlingham, mais cette affaire de Prague a été divulguée et il a dû démissionner. Il collectionne livres et tableaux. Il a un sens artistique indéniable. Je crois qu'il est une autorité reconnue en porcelaines chinoises et qu'il a écrit un livre sur ce sujet.

— Un esprit complexe ! fit Holmes. Tous les grands criminels sont des esprits complexes. Mon vieil ami Charlie Peace était un virtuose du violon. Mainwright était aussi un artiste. Je pourrais vous en citer bien d'autres. Hé bien ! Sir James, vous informerez votre client que je vais prendre en main le baron Gruner. Je ne peux pas en dire davantage. De mon côté, j'ai diverses sources de renseignements, et j'ose prétendre que nous découvrirons un moyen de régler cette affaire décemment.

Une fois notre visiteur sorti, Holmes demeura plongé dans une méditation silencieuse qui me fit croire qu'il avait oublié ma présence. Finalement il revint sur terre.

— Alors, Watson, quoi de neuf ?

— J'aurais cru que vous seriez allé voir tout de suite la jeune fille en question.

— Mon cher Watson, si son vieux père brisé de chagrin ne parvient pas à l'émouvoir, comment moi, un inconnu, y réussirais-je ? Et pourtant, si tout le reste échoue, il faudra bien que je m'y décide. Mais je pense que nous devons commencer en partant d'un angle différent. M'est avis que Shinwell Johnson pourrait m'aider.

Je n'ai pas eu jusqu'ici l'occasion, de citer le nom de Shinwell Johnson, parce que j'ai peu parlé des affaires se rattachant à la dernière phase de la carrière de mon ami. Au cours des premières années de ce siècle il était devenu un adjoint capable. Johnson, je suis désolé d'avoir à le dire, se fit d'abord remarquer sous les traits d'un dangereux coquin, et il purgea deux condamnations à Parkhurst. Après quoi il se repentit et s'associa avec Holmes. Il fut son agent au sein de la formidable pègre londonienne, et il lui fournit des renseignements qui se révélèrent souvent d'une importance décisive. Si Johnson avait été un indicateur de la police, il aurait été rapidement démasqué ; mais comme il travaillait sur des affaires qui n'aboutissaient jamais directement devant les tribunaux, ses anciens compagnons ignoraient tout de ses nouvelles activités. Auréolé de ses deux condamnations au bagne, il pénétrait dans tous les night-clubs, tous les asiles de nuit, tous les cercles de jeux de la capitale, et son cerveau fécond ainsi que ses dons d'observation avaient fait de lui un agent de renseignements idéal. C'était donc à cet informateur qu'avait pensé Holmes.

Il me fut impossible de suivre toutes les démarches qu'entreprit immédiatement mon ami, car j'avais de mon côté différentes tâches professionnelles à accomplir, mais il me fixa rendez-vous le soir chez Simpson où, assis devant une petite table près de la fenêtre, il me donna quelques nouvelles, tout en observant le flux des passants dans le Strand.

– Johnson est parti en chasse, me dit-il. Il me ramènera peut-être quelques ordures tirées des recoins les plus sombres du monde souterrain de la pègre, mais c'est là-dedans, parmi les racines du crime, que nous devons fouiller pour percer les secrets de cet homme.

– Mais puisque la demoiselle ne veut pas admettre ce qui est déjà connu, pourquoi une nouvelle découverte faite par vous la détournerait-elle de son dessein ?

– Qui sait, Watson ? Le cœur et l'esprit d'une femme sont des énigmes insolubles pour un mâle. Un meurtre peut être pardonné, une offense bien moindre peut ulcérer.

– Le baron Gruner m'a dit...

– Il vous a dit !

– Oh ! c'est vrai, je ne vous avais pas communiqué mes projets ! Hé bien ! Watson, j'aime le combat de près. J'aime affronter un adversaire face à face et voir de mes propres yeux la substance dont il est fait. Après avoir remis mes instructions à Johnson, j'ai pris un fiacre, je suis allé à Kingston, et j'ai trouvé mon baron d'une humeur très aimable.

– Vous a-t-il reconnu ?

– Il n'a pas eu de difficulté pour me reconnaître, puisque je m'étais fait précéder de ma carte. C'est un excellent antagoniste, froid comme du marbre, qui a la voix suave et douce de certains de vos malades à la mode, mais qui est aussi venimeux qu'un cobra. Il a de la branche ; je le considère comme un véritable aristocrate du crime qui vous invite à prendre une tasse de thé mais qui a la cruauté d'un tombeau. Oui, je suis ravi de m'être intéressé au baron Adelbert Gruner !

– Vous dites qu'il a été aimable ?

– Le chat qui ronronne quand il voit une souris approcher. L'amabilité de certaines personnes est plus mortelle que la violence d'individus plus grossiers. Sa manière de m'accueillir le dépeint assez bien.

« – Je me disais aussi que je finirais par vous rencontrer quelque jour, monsieur Holmes ! m'a-t-il dit. Vous avez été sans doute engagé par le général de Merville afin d'empêcher mon mariage avec sa fille Violet, n'est-ce pas ?

« J'ai répondu que oui.

« – Mon cher monsieur, m'a-t-il déclaré, vous ne ferez que compromettre une réputation pourtant bien méritée : la vôtre. Vous ne pouvez pas réussir dans cette affaire. Vous vous attelleriez à une tâche ingrate, qui ne serait pas sans danger. Permettez-moi de vous conseiller vivement de vous retirer, et tout de suite !

« – Voilà qui est curieux ! ai-je répliqué. C'était exactement l'avis que j'avais l'intention de vous donner. J'ai du respect pour votre cervelle, baron, et le peu que j'ai vu de votre personnalité ne l'a pas diminué. Parlons d'homme à homme. Personne ne veut revenir sur votre passé et vous causer des ennuis. Le passé est le passé, et vous nagez maintenant dans des eaux claires. Mais si vous persistez dans l'idée de ce mariage, vous soulèverez contre vous une foule d'ennemis puissants qui ne vous lâcheront que lorsqu'ils vous auront rendu l'Angleterre intenable. Le sujet en vaut-il la peine ? Vous seriez plus avisé de laisser tranquille la jeune fille. Il ne vous serait pas agréable que certains épisodes de votre passé lui fussent connus.

« Le baron possède quelques poils cosmétiqués sous son nez, qui ressemblent aux antennes d'un insecte. Ils se sont mis à s'agiter de plaisir pendant qu'il m'écoutait et il m'a répondu d'abord par un petit rire.

« – Pardonnez mon hilarité, monsieur Holmes, m'a-t-il dit ensuite. Mais c'est vraiment drôle de vous voir essayer de jouer une partie sans avoir la moindre carte dans votre jeu. Je ne crois pas qu'on pourrait mieux faire, mais c'est tout de même amusant. Pas la moindre carte, monsieur Holmes ! Pas le plus petit des atouts mineurs !

« – A ce que vous croyez !

« – A ce que je sais. Permettez-moi de vous éclairer complètement, car mes cartes sont si fortes que je peux les jouer sur table. J'ai eu la chance de conquérir l'entière affection de cette jeune fille. Elle me l'a donnée en dépit du fait que je l'avais mise au courant de tous les malheureux épisodes de mon passé. Je lui ai dit également que certains intrigants, certains individus dangereux (je suppose que vous vous reconnaissez ?) iraient la trouver et lui raconteraient ces histoires, et je l'ai mise en garde tout en lui indiquant comment les recevoir. Avez-vous entendu parler de la suggestion posthypnotique, monsieur Holmes ? Hé bien ! vous la verrez à l'œuvre, car un homme qui possède une personnalité peut hypnotiser quelqu'un sans aucune passe de charlatan. Elle est prête à vous accueillir ; je suis certain qu'elle ne vous refusera pas un rendez-vous : elle est très docile aux volontés de son père... sauf sur un petit détail.

« Hé bien ! Watson, j'avais l'impression qu'il n'y avait plus grand-chose à dire ; aussi ai-je pris congé avec toute la froideur et la dignité possibles ; mais au moment où j'avais la main sur la poignée de la porte, il m'a arrêté.

« – A propos, monsieur Holmes ! Vous avez connu Le Brun, le détective français ?

« – Oui.

« – Savez-vous ce qui lui est arrivé ?

« – Je crois qu'il a été rossé par quelques apaches de Montmartre et qu'il est infirme pour la vie.

« – Très juste, monsieur Holmes. Par une curieuse coïncidence, il s'était mêlé de mes affaires une semaine plus tôt. Ne vous mêlez pas de mes affaires, monsieur Holmes. Cela vous porterait malheur. Plusieurs l'ont expérimenté à leurs dépens. Mon dernier mot : allez de votre côté et moi du mien. Bonsoir !

« Voilà où j'en suis, Watson. Vous êtes au fait des dernières nouvelles.

– Ce baron me paraît dangereux.

Puissamment dangereux ! Je dédaigne les rodomonts, mais celui-ci est du type d'hommes qui en disent plutôt moins que plus.

– Êtes-vous obligé de vous occuper de lui ? S'il épouse la jeune fille, quelle importance ?

– Étant donné qu'il a indiscutablement assassiné sa dernière femme, je dirais qu'il est très important qu'il n'épouse pas cette jeune fille. Par ailleurs, il y a le client ! Allons, ne discutons pas de cela. Quand vous aurez terminé votre café, vous feriez aussi bien de m'accompagner, car le joyeux Shinwell va venir me faire son rapport.

Il était déjà à Baker Street quand nous arrivâmes. C'était un colosse au visage rougeaud et vulgaire : deux yeux d'une extrême vivacité étaient le seul signe extérieur de l'esprit rusé qui se dissimulait dans sa tête de brute. Il avait dû plonger dans les bas-fonds de son royaume : en effet, à côté de lui sur le canapé était assise une mince jeune femme rousse dont la figure jeune, pâle, pathétique était si ravagée par le péché et le chagrin qu'on devinait quelles années terribles elle avait vécues.

– Je vous présente Mlle Kitty Winter, annonça Shinwell Johnson en agitant sa main grasse. Ce qu'elle sait... Bah ! elle parlera toute seule ! J'ai mis la main dessus, monsieur Holmes, moins d'une heure après avoir reçu votre message.

– Je ne suis pas difficile à trouver, dit la jeune femme. N'importe qui peut me trouver : l'enfer, Londres... Même adresse pour Porky Shinwell. Nous sommes de vieux copains, Porky et moi. Mais, sapristi, il en existe un autre qui devrait être dans un enfer plus bas que nous s'il y avait une justice au monde ! C'est l'homme dont vous vous occupez, monsieur Holmes.

Holmes sourit.

– Je m'associe à vos bons vœux, mademoiselle Winter !

– Si je peux vous aider à l'envoyer là où de droit il a sa place, à votre disposition ! fit notre visiteuse avec une énergie farouche.

Une intensité de haine passa sur ses traits tirés et dans ses yeux brillants, comme on n'en voit jamais chez un homme et rarement chez une femme.

– Vous n'avez pas besoin de vous occuper de mon passé, monsieur Holmes. Il n'a aucun intérêt. Je suis simplement ce qu'a fait de moi Adelbert Gruner. Si je pouvais l'entraîner !...

Elle brandit frénétiquement ses mains.

–... Oh ! si seulement je pouvais l'entraîner dans la fosse où il en a poussé tant !

– Vous savez de quoi il s'agit ?

– Porky Shinwell me l'a dit. Il court après une autre pauvre idiote, et cette fois il veut l'épouser. Vous, vous voulez l'en empêcher. Hé bien ! vous en savez sûrement assez sur ce démon pour empêcher n'importe quelle jeune fille convenable et sensée de vouloir vivre dans la même paroisse que lui.

– Elle a perdu la raison. Elle est follement amoureuse. Elle a été mise au courant. Elle ne tient compte de rien.

– Au courant de l'assassinat ?

– Oui.

– Seigneur ! Elle doit avoir de ces nerfs !

– Elle croit que ce sont des calomnies.

– Ne pouvez-vous pas lui fourrer des preuves sous ses yeux d'idiote ?

– Vous, nous aideriez-vous à l'éclairer ?

– Quoi ! Ne suis-je pas une preuve en chair et en os ? Si je me trouvais devant elle et si je lui disais comment il m'a traitée...

– Vous le feriez ?

– Si je le ferais ? Ah ! oui.

– Hé bien ! cela vaudrait la peine d'essayer. Mais il lui a confessé la plupart de ses péchés et elle l'a absous. Je ne crois pas qu'elle accepte de rouvrir le débat.

– Je lui prouverai qu'il ne lui a pas tout dit, déclara Mlle Winter. J'ai été plus ou moins au courant de deux ou trois meurtres qui n'ont pas fait autant de bruit. Il parlait de quelqu'un de sa voix de velours, puis me regardait avec un œil tranquille et disait : « Il est mort, il y a un mois. » Il ne parlait pas pour ne rien dire ! Mais j'y faisais peu attention. Comprenez que je l'aimais. Tout ce qu'il faisait me plaisait : exactement comme à cette pauvre folle. Une seule chose me bouleversa. Oui, par le diable ! Sans sa langue menteuse, empoisonnée, qui explique et aplanit tout, je l'aurais quitté cette nuit-là ! Il a un livre. Un livre relié en cuir brun avec une serrure, et ses armes sur la couverture. Je pense qu'il avait bu cette nuit-là ; sinon, il ne me l'aurait pas montré.

– Ce livre ?...

– Je vous dis, monsieur Holmes, que cet homme collectionne les femmes, et qu'il éprouve autant d'orgueil à sa collection de femmes que d'autres à leurs collections de mouches ou de papillons. Il a tout mis dans ce livre. Des instantanés, des noms, des détails, tout enfin ! C'est un livre obscène : un livre qu'aucun homme, même élevé dans le ruisseau, n'aurait pu écrire. Mais c'est quand même le livre d'Adelbert Gruner. « Les Âmes que j'ai ruinées. » Il aurait pu inscrire ce titre-là s'il y avait pensé. Néanmoins, ça ne sert à rien d'en parler, car le livre ne pourrait pas vous être utile, et, s'il l'était, vous ne pourriez pas l'avoir.

– Où est-il ?

– Comment vous dire où il se trouve maintenant ? Il y a plus d'un an que j'ai quitté Adelbert. Quand j'étais avec lui, je savais où il le gardait. Par beaucoup de côtés, il ressemble à un chat : il en a la propreté et la précision. Le livre est peut-être dans le vieux meuble de son bureau privé. Vous connaissez sa maison ?

– Je suis allé dans son bureau, répondit Holmes.

– Tiens, déjà ? Vous n'êtes pas fainéant, si vous n'êtes parti en guerre que ce matin. Peut-être que le cher Adelbert a trouvé pour une fois un rival à sa taille ! Le bureau où vous l'avez vu est celui qui contient les porcelaines chinoises, dans un gros buffet entre les fenêtres. Derrière sa table se trouve la porte qui ouvre sur le bureau privé : une petite pièce où il conserve des papiers et toutes sortes de choses.

– N'a-t-il pas peur des cambrioleurs ?

– Adelbert n'est pas un poltron. Personne, même pas son pire ennemi, n'oserait le dire. Il est capable de veiller sur vie. La nuit, une sonnerie d'alarme fonctionne. Et puis, qu'y a-t-il chez lui qui puisse intéresser un cambrioleur ? A moins qu'il ne lui dérobe ses porcelaines chinoises !

— Pas intéressant ! trancha Shinwell Johnson avec l'autorité d'un expert. Aucun receleur ne voudrait d'un truc, qu'on ne peut ni fondre ni vendre.

— D'accord ! fit Holmes. Hé bien ! mademoiselle Winter, si vous vouliez revenir ici demain après-midi à cinq heures, j'aurai entre-temps réfléchi à votre proposition de voir la jeune fille, et j'aurai examiné si un rendez-vous peut être aménagé. Je vous suis extrêmement obligé de votre collaboration. Je n'ai pas besoin de vous dire que mon client sera d'une libéralité...

— Rien à faire ! s'écria la jeune femme. Je ne suis pas ici pour de l'argent. Que je voie cet homme dans la boue, et j'aurai ma récompense. Dans la boue et mon pied dessus pour écraser sa figure maudite ! Je ne veux pas autre chose. Je vous verrai demain, et n'importe quand, aussi longtemps que vous vous occuperez de lui. Porky vous dira où l'on peut me trouver.

Je ne revis pas Holmes avant le lendemain soir, où nous dînâmes ensemble à notre restaurant du Strand. Il haussa les épaules quand je lui demandai si son entretien avait bien tourné. Puis il me raconta l'histoire que je répète sous une forme adoucie.

— Mon rendez-vous me fut accordé sans aucune difficulté, car la jeune fille fait exprès de témoigner une abjecte obéissance filiale pour toutes les choses secondaires, afin de racheter sa désobéissance pour ses fiançailles. Le général me téléphona que tout était prêt, et la féroce Mlle Winter, exacte au rendez-vous, monta avec moi dans un fiacre qui nous déposa à cinq heures et demie devant le 104 de Berkeley Square, où habite le vieux soldat : l'un de ces affreux castels gris de Londres auprès desquels une église paraît frivole. Un chasseur nous introduisit dans le grand salon tendu de jaune : là se trouvait la jeune fille qui nous attendait ; elle était pâle, grave, distante, aussi inflexible et froide qu'un névé sur une montagne.

« Je ne vois pas très bien comment vous la dépeindre, Watson. Peut-être la rencontrerez-vous avant la fin de l'histoire, et vous pourrez utiliser vos dons d'écrivain. Elle est belle, mais de cette beauté éthérée d'un autre monde qu'on trouve parfois sur des fanatiques dont la pensée ne quitte jamais les cimes. Chez les vieux maîtres du Moyen Age, j'ai vu des visages qui ressemblaient au sien. Comment un fauve a-t-il pu poser ses vilaines griffes sur un être pareil ? Voilà qui me dépasse. Vous savez que les extrêmes s'attirent : le spirituel est attiré par l'animal, l'homme des cavernes par l'ange. Ce cas est le pire de tous ceux que vous pourriez imaginer.

« Elle connaissait évidemment le motif de notre visite ; le bandit n'avait pas tardé à la prévenir contre nous. L'arrivée de Mlle Winter la surprit un peu, je pense, mais elle nous désigna deux fauteuils avec la mine de la révérende mère d'une abbaye recevant deux mendiants lépreux. Si vous avez envie un jour de vous gonfler d'importance, mon cher Watson, prenez donc des leçons chez Mlle Violet de Merville.

« – Monsieur, me dit-elle d'une voix qui évoquait irrésistiblement le vent qui descend d'un iceberg, votre nom ne m'est pas inconnu. Vous êtes venu ici, si j'ai bien compris, pour calomnier mon fiancé, le baron Gruner. Ce n'est que sur les instances de mon père que je vous reçois, et d'avance je vous avertis que rien de ce que vous me direz n'affectera mes dispositions.

« Elle me fit de la peine, Watson. Sur le moment, je la regardai comme j'aurais regardé ma propre fille. Je ne suis pas souvent éloquent. Je me sers de ma tête, non de mon cœur. Mais vraiment je plaidai devant elle avec toute la chaleur des mots que je puisais dans mon tempérament.

Je lui décrivis l'épouvantable situation de la femme qui a la révélation du caractère d'un homme seulement après qu'elle l'a épousé : une femme qui doit subir les caresses de mains sanglantes et de lèvres impures. Je ne lui épargnai rien : la honte, la peur, l'angoisse, le désespoir qu'elle se promettait en l'épousant. Toutes mes phrases furent impuissantes à amener un peu de couleur sur ces joues ivoirines, ou une lueur d'émotion dans son regard perdu au loin. Je pensai à ce que le coquin m'avait dit à propos de l'influence posthypnotique. De fait, on pouvait croire qu'elle vivait au-dessus de la terre dans une sorte de rêve extatique. Et pourtant elle me répondit avec une précision toute matérielle.

« – Je vous ai écouté patiemment, monsieur Holmes. L'effet de vos propos sur mon esprit est exactement celui que je vous avais prédit. Je sais qu'Adelbert, que mon fiancé a traversé de nombreux orages au cours desquels il s'est attiré des haines féroces et des aversions parfaitement injustes. Vous êtes le dernier venu de toute une série de calomniateurs. Il est possible que vous me vouliez du bien, quoique j'aie appris que vous étiez un agent payé, et que vous auriez aussi bien défendu les intérêts du baron que ceux de ses ennemis. Mais n'importe. Je veux que vous compreniez une fois pour toutes que je l'aime, qu'il m'aime, et que l'opinion du monde ne m'impressionne pas davantage que les piaillements des oiseaux de l'autre côté de la fenêtre. Si sa noble nature a jamais eu des défaillances, peut-être lui suis-je précisément destinée afin de la relever au niveau supérieur dont elle est digne. Mais je n'ai pas bien saisi, ajouta-t-elle en tournant son regard vers Mlle Winter, qui peut être cette jeune dame.

« J'allais lui répondre quand la fille intervint à la manière d'un tourbillon. Imaginez le feu et la glace face à face.

« – Je vais vous dire qui je suis ! s'écria-t-elle en bondissant de son siège et la bouche tordue de passion. Je suis sa dernière maîtresse. Je suis l'une des cent femmes qu'il a tentées, séduites, ruinées, et jetées au rebut, comme il le fera avec vous. Ce rebut, pour vous, sera vraisemblablement le tombeau ; peut-être cela vaudra-t-il mieux. Je vous le dis, pauvre folle : si vous épousez cet homme, il sera votre mort ! Ou bien il brisera votre cœur ou bien il vous tordra le cou ; mais vous n'échapperez pas à la mort. Ce n'est pas par amour pour vous que je parle. Je me soucie comme d'une guigne que vous viviez ou que vous mouriez. C'est par haine contre lui, par rancune, pour lui rendre ce qu'il m'a fait. Ce n'est pas la peine de me regarder comme vous le faites, ma belle mademoiselle, car vous pourriez vous trouver plus bas que moi avant peu !

« – Je préférerais ne pas avoir à discuter de pareilles choses, dit froidement Mlle de Merville. Je vous répète une dernière fois que je connais trois épisodes de la vie de mon fiancé, au cours desquels il a eu affaire avec des intrigantes, et je suis assurée de son sincère repentir pour tout le mal qu'il a pu commettre.

« – Trois épisodes ! hurla ma compagne. Idiote ! Pauvre idiote ineffable !

« – Monsieur Holmes, je vous serais reconnaissante de mettre un terme à cet entretien, dit la voix de glace. J'ai obéi à mon père en vous recevant, mais je ne suis nullement forcée d'écouter les délires de cette personne.

« Le juron aux lèvres, Mlle Winter se rua en avant : si je ne lui avais pas saisi le poignet, elle aurait attrapé aux cheveux la fille du général. Je la tirai vers la porte, et j'eus la chance de la flanquer dans un fiacre sans soulever de scandale public : elle ne se possédait plus. Quant à moi, Watson, quoique plus froid, j'étais furieux : c'est très déprimant de se heurter à une attitude hautaine, distante, et au suprême contentement de soi de la femme qu'on essaie de sauver... Vous voilà au fait de la situation. Il est évident que je dois manigancer autre chose, une nouvelle ouverture, car cette petite confrontation n'aura aucun effet. Je garderai le contact avec vous, Watson : il est plus que probable que je vous réserverai un rôle à jouer dans ma prochaine pièce ; mais après tout l'acte suivant pourrait bien être signé d'eux.

Il avait deviné juste. Leur coup s'abattit. Ou plutôt son coup à lui, car jamais je ne pourrai croire qu'elle s'y associa. Je crois que je pourrais sans me tromper vous montrer les pavés où je me tenais quand mes yeux tombèrent sur l'affichette d'un journal : l'horreur transperça mon âme. Cela se passait entre le Grand-Hôtel et la gare de Charing Cross. Un unijambiste étala les journaux du soir et leurs panneaux-réclame. Ma dernière conversation avec Holmes avait eu lieu deux jours plus tôt. Là, en lettres noires sur fond jaune, se détachait la manchette suivante :

Attentat criminel
contre
Sherlock Holmes

Je crois que je demeurai cloué sur place quelques instants. Il me semble qu'ensuite j'arrachai un journal des mains du marchand, que je me fis invectiver parce que je ne l'avais pas payé, et que j'allai me réfugier devant la porte d'une pharmacie pour lire l'entrefilet fatal. En tout cas voici son texte :

« Nous apprenons avec regret que M. Sherlock Holmes, célèbre détective privé, a été ce matin victime d'une agression criminelle qui l'a laissé dans un état sur lequel il est trop tôt pour se prononcer. Les détails manquent encore, mais l'événement a dû se produire vers midi dans Regent Street, près du Café Royal.

Deux individus armés cannes ont attaqué M. Holmes, qui a reçu de multiples coups sur le corps et sur la tête ; les médecins considèrent son cas comme grave. Il a été transporté au Charing Cross Hospital, mais il a insisté pour être ramené chez lui à Baker Street. Ses agresseurs étaient correctement vêtus ; ils ont échappé à leurs poursuivants en traversant le Café Royal et en sortant par-derrière dans Glasshouse Street. Ils appartiennent sans aucun doute à cette société du crime qui a eu tant d'occasions de se plaindre de l'activité et de l'habileté du blessé. »

Faut-il que j'ajoute qu'aussitôt je me jetai dans un fiacre et que je me fis conduire à Baker Street ? A la porte attendait le landau de sir Leslie Oakshott ; je me heurtai dans le vestibule au célèbre chirurgien.

– Aucun danger immédiat ! me dit-il. Deux déchirures au cuir chevelu et de nombreuses meurtrissures. Plusieurs points de suture ont été indispensables. Je lui ai injecté de la morphine et il lui faut du repos. Mais je vous autorise à le voir quelques minutes.

Cette permission obtenue, je me précipitai dans la chambre où il faisait presque noir. Le malade était parfaitement éveillé ; dans un murmure rauque, il m'appela. Le store était aux trois quarts baissé, mais un rayon de soleil tapait dedans et j'aperçus la tête bandée du blessé. Une traînée rouge avait traversé les compresses blanches. Je m'assis à côté de lui et je hochai la tête.

– Tout va bien, Watson. Ne faites pas cette figure-là ! me chuchota-t-il d'une voix très affaiblie. Le mal n'est pas si grand qu'il paraît.

– Dieu merci !

– Je ne suis pas mauvais à la canne, vous savez. J'ai détourné la plupart des coups. Mais ils étaient deux : le deuxième était de trop.

– Que puis-je faire, Holmes ? Naturellement, c'est ce maudit baron qui est à l'origine de l'agression. Si vous m'y autorisez, je m'en vais de ce pas l'écorcher vif !

– Brave vieux Watson ! Non, nous ne pouvons rien faire avant que la police ait mis le grappin sur ses acolytes. Mais ils avaient bien préparé leur fuite. Attendez un peu. J'ai mes plans. La première chose à faire est d'exagérer la gravité de mes blessures. On viendra vous demander de mes nouvelles, Watson. Forcez la dose. Dites que j'aurai bien de la chance si je passe la semaine. Parlez de délire, de folie, de ce que vous voudrez. Vous n'en direz jamais trop !

– Mais sir Leslie Oakshott ?

– Oh ! pour lui, aucune inquiétude ! Il annoncera le pire. J'y veillerai.

– Rien d'autre ?

– Si. Prévenez Shinwell Johnson et dites-lui qu'il mette la fille à l'abri. Ces champions vont maintenant s'attaquer à elle. Ils savent qu'elle est dans la course. Puisqu'ils ont osé s'en prendre à moi, il est probable qu'ils ne l'oublieront pas, elle. C'est urgent. Faites-le dès ce soir.

– J'y vais. Rien de plus ?

– Mettez ma pipe sur la table, ainsi que la pantoufle à tabac. Parfait ! Venez me voir chaque matin et nous établirons notre plan de campagne.

Je m'arrangeai avec Johnson le soir même pour qu'il expédie Mlle Winter dans une banlieue paisible et qu'il l'y maintienne jusqu'à ce que tout danger ait disparu.

Pendant six jours, le public demeura sous l'impression que Holmes était à la mort. Les bulletins de santé étaient très alarmants et les journaux publièrent des nouvelles sinistres. Mes visites régulières au malade me permirent de constater qu'il était loin d'être aussi gravement atteint. Sa robuste constitution et sa volonté de fer faisaient merveille. Il se rétablissait vite, et je me demandais parfois s'il ne se sentait pas mieux qu'il ne l'avouait, même à moi. En cet homme, il y avait une curieuse manie du secret qui permettait des effets dramatiques, mais qui ne permettait même pas à son plus fidèle ami de deviner ses projets. Il poussait à l'extrême l'axiome selon lequel le conspirateur le plus assuré de réussir est celui qui conspire tout seul. J'étais plus proche de lui que n'importe qui au monde, et cependant je savais qu'un abîme nous séparait.

Le septième jour, on lui retira les agrafes. Les journaux du soir annoncèrent qu'il était atteint d'érysipèle. Ce même soir, ils annoncèrent aussi une nouvelle que j'étais tenu à communiquer à mon ami, qu'il fût malade ou bien portant. Parmi les passagers du bateau Ruritania de la Compagnie Cunard en partance vendredi de Liverpool figurait le baron Adelbert Gruner, qui avait à régler d'importantes affaires financières aux États-Unis avant son mariage imminent avec Mlle Violet de Merville, fille unique de... etc. Holmes écouta cette nouvelle avec une froideur concentrée. Sa pâleur me révéla à quel point elle le frappait.

– Vendredi ! s'exclama-t-il enfin. Plus que trois jours ! Je crois que le coquin veut se mettre hors de danger. Mais il n'y parviendra pas, Watson ! Par le Seigneur, il n'y parviendra pas ! Dites, Watson, je voudrais que vous fassiez quelque chose pour moi.

– Je suis ici pour vous être utile, Holmes.

– Hé bien ! consacrez les prochaines vingt-quatre heures à étudier de près les porcelaines chinoises.

Il ne me donna pas d'autres explications, et je ne lui en demandai aucune. Une longue expérience m'avait enseigné à obéir sans discuter. Mais quand j'eus quitté sa chambre, je descendis Baker Street tout en cherchant comment je pourrais accomplir sa volonté. Finalement, je me fis conduire à la London Library de Saint-James Square, exposai mon projet à mon ami Lomax, le sous-bibliothécaire, et regagnai mon appartement avec un gros volume sous le bras.

On dit de l'avocat qui a étudié un dossier avec beaucoup de soin qu'il est capable de « coller » un expert le lundi, mais que le samedi il a totalement oublié toutes ses connaissances fraîchement acquises. Certainement, je ne voudrais pas poser maintenant à l'expert en matière de céramique ! Et cependant, tout le soir et toute la nuit (avec juste un bref intervalle pour me reposer) et tout le lendemain matin j'appris des tas de choses et je me bourrai la tête de noms. J'appris les poinçons des grands artistes décorateurs, le mystère des dates cycliques, les marques du Hung-wu et les beautés du Yung-lo, les écritures de Tang-ying et les gloires de la période primitive du Sung et du Yuan. Ployant sous le faix de tous ces renseignements, je me rendis le lendemain soir chez Holmes. Il s'était levé (ce que vous n'auriez pas pu deviner d'après les communiqués destinés au public) et il était assis dans son fauteuil préféré ; sa tête entourée de bandages reposait sur sa main.

— Ma foi, Holmes, lui dis-je, à en croire les journaux, vous êtes agonisant !

— C'est exactement l'impression que je veux répandre. Et vous, Watson, avez-vous bien appris votre leçon ?

— Du moins j'ai essayé.

— Bravo ! Vous sentez-vous capable de soutenir une conversation intelligente sur ce sujet ?

— Je crois que oui.

— Alors passez-moi cette boîte sur la cheminée.

Il ouvrit le couvercle et exhiba un petit objet soigneusement enveloppé dans une fine soie d'Orient. Il la déplia et découvrit une soucoupe délicate d'un bleu profond extraordinaire.

— Il faut la manipuler avec précaution, Watson. C'est de la vraie porcelaine coquille d'œuf de la dynastie Ming. On n'a jamais rien fait de mieux depuis. Un service complet vaudrait un prix royal. En fait, je ne crois pas qu'il en existe un en dehors de celui qui se trouve au palais impérial de Pékin. La vue de cet objet rendrait fou un vrai connaisseur.

— Et que dois-je en faire ?

Holmes me tendit une carte sur laquelle était gravé : « Dr. Hill Barton, 369, Half Moon Street. »

– Voilà comment vous vous appellerez ce soir, Watson.

Vous allez vous rendre auprès du baron Gruner. Je connais quelques-unes de ses habitudes. A huit heures et demie, il sera probablement libre. Un billet l'avertira à temps que vous passerez chez lui ; vous lui direz que vous lui apportez un échantillon d'un service parfaitement unique de porcelaine Ming. Vous pouvez bien être médecin, puisque c'est un rôle que vous jouez sans duplicité. Mais vous êtes surtout collectionneur, ce service vous a échu par hasard, vous aviez entendu parler de l'intérêt que porte le baron aux porcelaines, et vous êtes disposé à le lui vendre un bon prix.

– Quel prix ?

– Bonne question, Watson ! Vous seriez vite démasqué si vous ne connaissiez pas la valeur de cette marchandise. Cette soucoupe m'a été apportée par Sir James ; elle vient, d'après ce que j'ai compris, de la collection de son client. Vous n'exagérerez point en affirmant qu'elle n'a pour ainsi dire pas sa pareille au monde.

– Peut-être pourrais-je proposer que le service soit soumis à l'estimation d'un expert ?

– De mieux en mieux, Watson ! Vous êtes éblouissant aujourd'hui. Proposez Christie ou Sotheby. Votre délicatesse vous empêche de fixer vous-même un prix.

– Mais s'il ne me reçoit pas ?

– Oh ! si, il vous recevra. Il est atteint de collectionnite aiguë, et il a la manie des porcelaines chinoises : c'est une autorité reconnue, ne l'oubliez pas ! Asseyez-vous, Watson, et je vais vous dicter la lettre. Pas la peine de solliciter une réponse. Vous annoncerez tout bonnement votre visite, et le motif de cette visite.

Ce fut un document admirable : bref, courtois, de nature à stimuler la curiosité du connaisseur. Un commissionnaire du quartier fut prié d'aller le porter à l'adresse indiquée. Le soir même, avec la précieuse soucoupe à la main et la carte du docteur Barton dans ma poche, je partis pour l'aventure : pour mon aventure.

La maison et tout le domaine indiquaient que le baron Gruner était, comme Sir James l'avait dit, fort riche. La longue avenue qui serpentait était bordée de massifs rares et débouchait sur un grand carré de gravier orné de statues. L'endroit avait été aménagé par un roi de l'or de Amérique du Sud au temps du grand boom. La longue maison basse avec ses tourelles aux angles (véritable cauchemar pour un architecte !) en imposait par ses dimensions et par son assise. Un maître d'hôtel, qui n'aurait pas déparé un banc d'archevêque, m'ouvrit la porte et me confia aux bons soins d'un chasseur vêtu de peluche. Enfin le baron me reçut.

Il se tenait debout auprès d'un grand meuble placé entre les deux fenêtres et qui renfermait une partie de sa collection de Chine. Quand j'entrai, il se tourna vers moi ; il tenait à la main un petit vase brun.

– Je vous en prie, docteur, asseyez-vous ! me dit-il. J'étais en train de contempler mes trésors et je me demandais si je pouvais réellement leur en ajouter un. Ce petit échantillon de Tang, qui date du VIIe siècle, vous intéresserait sans doute. Je suis sûr que vous n'avez jamais vu un travail plus délicat ni un coloris plus riche. Avez-vous la soucoupe Ming dont vous m'avez parlé ?

Je défis précautionneusement mon paquet et je la lui tendis. Il s'assit devant son bureau, approcha la lampe car il faisait sombre, et entreprit de l'examiner. Pendant qu'il la considérait sous tous ses angles, la lumière jaune éclairant sa physionomie me permit de l'étudier à mon aise.

Il était réellement très bel homme. La réputation que sa beauté avait acquise en Europe était méritée. Il était d'une taille moyenne, mais d'une charpente gracieuse et souple. Il avait le visage bronzé, presque oriental, avec de grands yeux noirs langoureux qui devaient exercer sur les femmes un facile pouvoir de fascination. Cheveux et moustache étaient noir corbeau. La moustache était courte, effilée, cosmétiquée. Mais si je n'avais jamais vu de bouche d'assassin, j'en avais une devant moi : on aurait dit une entaille sur la figure, mince, impitoyable, terrible. Il avait tort d'en écarter la moustache, car cette bouche était le signal d'alarme de la nature, un avertissement pour ses victimes éventuelles. Il avait la voix engageante, des manières parfaites. Je lui aurais donné un peu plus de trente ans ; en réalité, comme je l'appris plus tard, il en avait quarante-deux.

– Très jolie ! En vérité très jolie ! fit-il enfin. Et vous dites que vous en avez un service de six ? Ce qui me confond, c'est que je n'avais pas entendu parler de ces magnifiques spécimens ! Je ne connais qu'un service en Angleterre capable de rivaliser avec eux ; encore n'est-il certainement pas sur le marché. Serais-je indiscret si je vous demandais, docteur Barton, comment vous l'avez entre les mains ?

– Est-ce que cela vous intéresse vraiment ? répliquai-je avec autant d'insouciance que j'en fus capable. Vous pouvez voir que cette pièce est authentique ; quant à sa valeur, je me fierai tout simplement à l'estimation d'un expert.

– C'est très mystérieux ! murmura-t-il tandis que dans ses yeux noirs s'allumait une rapide flamme de soupçon. Quand on traite sur des objets d'une telle valeur, il est normal qu'on désire tout connaître sur la transaction. L'authenticité de cette pièce est incontestable. Je ne la mets nullement en doute. Mais supposez (je suis bien obligé de faire entrer en ligne de compte toutes les hypothèses) qu'il s'avère ultérieurement que vous n'aviez pas le droit de vendre ?

– Je vous garantirais contre une pareille objection.

– Ce qui pose le problème de savoir quel crédit je pourrais accorder à votre garantie.

– Mes banquiers vous répondraient.

– Bien. Mais il n'empêche que toute transaction me paraît hors des normes.

Vous pouvez faire affaire ou non, dis-je avec un air suprêmement détaché. Je me suis adressé à vous d'abord parce que j'avais appris que vous étiez un connaisseur. Mais ailleurs je n'aurai pas de difficultés.

– Qui vous a dit que j'étais un connaisseur ?

– J'ai su que vous aviez écrit un livre sur le sujet.

– L'avez-vous lu ?

– Non.

– Mon Dieu, je comprends de moins en moins ! Vous êtes un connaisseur et un collectionneur ; vous possédez une pièce de grande valeur dans votre collection ; et cependant vous n'avez même pas pris la peine de consulter le seul livre qui vous aurait renseigné sur le sens et la valeur de ce que vous détenez. Comment me l'expliquez-vous ?

– Je suis très occupé. Je suis médecin. J'ai une clientèle.

– Ce n'est pas une réponse. Si un homme a une manie, il s'y consacre, quelles que soient ses autres occupations. Vous disiez dans votre lettre que vous étiez un connaisseur.

– C'est vrai.

– Puis-je vous poser quelques questions pour le vérifier ? Je suis obligé de vous dire, docteur (en admettant que vous soyez docteur), que ce marché me paraît de plus en plus suspect. Je voudrais vous demander ce que vous savez de l'empereur Shomu et comment vous l'associez avec le Shoso-in près de Nara ? Cela vous embarrasse ? Hé bien ! parlez-moi donc de la dynastie des Wei du Nord et de sa place dans l'histoire de la céramique !

Je bondis de mon fauteuil en feignant la colère.

– Voilà qui est intolérable, monsieur ! m'écriai-je. Je suis venu ici pour vous accorder une préférence, non pour être interrogé comme un écolier. Ma science sur ces sujets peut être inférieure à la vôtre, mais je ne répondrai certainement pas à des questions posées d'une manière aussi injurieuse.

Il me regarda fixement. Toute langueur avait disparu de ses yeux. Puis soudain ceux-ci étincelèrent. J'entrevis l'éclat des dents blanches entre les lèvres cruelles.

– Quel jeu jouez-vous ? Vous êtes venu ici pour m'espionner. Vous êtes un émissaire de Holmes. Vous essayez de me duper. Il paraît que Holmes est mourant ; alors il m'adresse ses valets pour me surveiller. Vous êtes entré ici sans ma permission, mais, pardieu ! vous trouverez plus difficile de sortir que d'entrer.

Il s'était levé d'un bond, et je reculai, me préparant à son attaque, car l'homme était hors de lui. Peut-être m'avait-il soupçonné dès l'abord ; en tout cas, cet interrogatoire lui avait révélé la vérité ; il était clair que je ne pouvais plus espérer lui faire illusion. Il plongea ses mains dans un tiroir et le fouilla fébrilement. Mais il dut surprendre un bruit, car il s'arrêta pour écouter.

– Ah ! cria-t-il.

Et il se rua dans la pièce qui se trouvait derrière lui.

En deux pas, j'arrivai à la porte. Toujours je me rappellerai la scène qui suivit. La fenêtre de cette deuxième pièce donnait sur le jardin, elle était grande ouverte. A côté de la fenêtre, semblable à un fantôme terrible, le visage tiré et livide, se tenait Sherlock Holmes. L'instant d'après il avait foncé de l'autre côté ; je l'entendis écraser les lauriers du jardin. Avec un hurlement de rage, le maître de la maison se précipita à sa poursuite par la fenêtre ouverte.

Et alors... Oh ! ce fut fait en une seconde ! Je vis tout clairement, pourtant ! Un bras, le bras d'une femme, surgit d'entre les branches de laurier. Au même moment le baron poussa un cri horrible. Je l'entendrai toujours. Il plaqua ses deux mains sur son visage et revint dans la pièce en courant ; dans sa course, il se cognait la tête contre les murs. Puis il tomba sur le tapis, boula et se tordit par terre, pendant que ses cris résonnaient dans toute la maison.

– De l'eau ! Pour l'amour de Dieu, de l'eau ! hurlait-il sans discontinuer.

Je m'emparai d'une carafe sur une table et me hâtai de lui porter secours. Au même moment, le maître d'hôtel et plusieurs valets de chambre accoururent. Je me rappelle que l'un d'eux s'évanouit pendant que j'étais agenouillé auprès du blessé et que j'avais exposé son visage atrocement défiguré à la lumière de la lampe. Le vitriol était en train de le ronger et s'égouttait des oreilles et du menton. Un œil était déjà blanc, vitreux. L'autre était rouge et enflammé. La physionomie que j'avais admirée un peu plus tôt ressemblait à une belle toile sur laquelle l'artiste aurait passé une éponge humide et méphitique. Elle était devenue brouillée, décolorée, inhumaine, terrifiante.

En quelques mots, j'expliquai exactement ce qui était arrivé, du moins en ce qui concernait l'agression au vitriol. Quelques valets avaient sauté par la fenêtre, d'autres fouillaient le jardin, mais il faisait nuit et la pluie commençait à tomber. La victime ne s'arrêtait de hurler que pour pousser des cris de rage contre celle qui s'était vengée.

– C'est ce chat de l'enfer ! C'est Kitty Winter ! Oh ! la diablesse ! Elle paiera ! Oui, elle paiera ! Oh ! Dieu du ciel, cette douleur est plus que je ne peux supporter !

Je baignai son visage dans l'huile, je mis de l'ouate sur sa peau à vif, je lui administrai une piqûre de morphine. Il oubliait de me soupçonner, tant le choc l'avait bouleversé. Il se cramponnait à mes mains comme si j'avais le pouvoir de redonner vie à ces yeux de poisson mort qui me regardaient. J'aurais pleuré sur ce désastre physique si je ne m'étais souvenu de la vilenie de son existence ; c'était elle la responsable de cette ruine. Je répugnai à sentir l'étreinte de ses mains brûlantes.

L'arrivée du médecin de famille me soulagea ; un spécialiste suivit. Un inspecteur de police ne tarda point ; je lui tendis ma vraie carte de visite. Il aurait été puéril et inutile d'agir autrement, car à Scotland Yard tout le monde me connaissait presque autant que Sherlock Holmes. Puis je quittai cette maison sinistre. Moins d'une heure plus tard j'étais à Baker Street.

Holmes était assis dans son fauteuil habituel ; il semblait très pâle, épuisé. Outre ses blessures, les événements de la soirée avaient ébranlé ses nerfs d'acier, et il écouta avec horreur ma description de la transformation du baron.

– Le salaire du péché, Watson ! Le salaire du péché ! me dit-il. Tôt ou tard, on le reçoit toujours. Dieu le sait, il avait suffisamment péché ! ajouta-t-il en prenant sur la table un livre brun. Voici le livre dont la fille nous avait parlé. S'il ne rompt pas les fiançailles, rien n'y fera ! Mais il les rompra, Watson. Il le faut ! Aucune femme ayant le respect de soi-même n'y résisterait.

– C'est son carnet d'amour ?

– Ou plutôt de luxure. Appelez-le comme vous voudrez. Dès que la fille Winter nous en avait appris l'existence, j'avais compris qu'il serait une arme formidable si nous pouvions nous en emparer. Je n'en avais rien dit sur le moment, car la fille aurait pu bavarder. Mais j'ai ruminé l'histoire. Et puis il y a eu l'agression : elle m'a fourni la chance de faire croire au baron qu'il n'avait plus besoin de se méfier de moi. Tout s'est passé au mieux. J'aurais bien attendu un peu plus longtemps, mais son projet de voyage en Amérique m'a forcé la main. Il ne serait jamais parti en abandonnant derrière lui un document aussi compromettant. J'étais donc obligé d'agir sans délai. Un cambriolage nocturne était impossible, puisqu'il avait combiné un dispositif d'alarme. Mais le soir, il y avait un risque à prendre, à condition que je fusse assuré que son attention était retenue ailleurs. Voilà pourquoi, vous et votre soucoupe, vous êtes entrés en scène. Seulement, il me fallait savoir avec précision où était le livre, car je me doutais bien que je ne disposerais que de quelques minutes pour travailler ; mon temps était limité par vos connaissances sur la porcelaine chinoise. Je convoquai donc la fille au dernier moment. Comment aurais-je pu deviner ce que contenait le petit paquet qu'elle portait avec tant de précautions sous son manteau ? J'avais cru qu'elle était venue uniquement pour mon affaire, mais il semble qu'elle s'est occupée aussi de la sienne.

– Il avait deviné que c'était vous qui m'aviez envoyé.

– Je craignais cela. Mais vous l'avez tenu en haleine assez longtemps pour que j'aie pu m'emparer du livre, pas assez toutefois pour que j'aie pu m'enfuir sans avoir été vu.

« Ah ! Sir James, je suis très content que vous soyez venu !

Notre ami mondain répondait à une convocation qui lui -avait été adressée tout à l'heure. Il écouta avec le plus vif intérêt le récit de tous les événements.

– Vous avez fait merveille ! Merveille ! s'exclama-t-il. Mais si ces blessures sont aussi terribles que les décrit le docteur Watson, alors notre projet de contrecarrer le mariage réussira sans qu'il soit nécessaire d'utiliser ce livre infâme.

Holmes hocha la tête.

– Des femmes comme Mlle de Merville ne se conduisent pas ainsi. Elle l'aimerait encore davantage sous les traits d'un martyr défiguré. Non, c'est son aspect moral, pas son aspect physique, que nous devons détruire. Ce livre la ramènera sur terre... Et je ne vois rien d'autre qui y parviendrait. Il est de sa propre écriture. Elle ne peut pas le récuser.

Sir James emporta le livre et la soucoupe précieuse. Comme j'étais moi-même en retard, je descendis en sa compagnie. Une charrette anglaise l'attendait. Il sauta dedans, donna un ordre bref au cocher, qui portait une cocarde, et la voiture s'éloigna rapidement. Il eut beau faire retomber la moitié de son manteau pour recouvrir les armoiries de la portière, j'eus quand même le temps de les reconnaître. J'en demeurai bouche bée. Puis je fis demi-tour et je regagnai la chambre de Holmes.

— J'ai découvert qui est notre client, m'écriai-je tout fier de ma nouvelle. Hé bien ! Holmes, c'est.,.

— C'est un ami loyal et un gentilhomme chevaleresque, interrompit Holmes en levant une main pour m'arrêter dans mon élan. Que ceci nous suffise maintenant et pour toujours.

J'ignore comment le livre infâme a été utilisé. Peut-être Sir James s'en est-il chargé. Mais il est plus probable qu'une mission aussi délicate a été confiée au père de la jeune fille. En tout cas, l'effet a été décisif et conforme à nos espoirs. Trois jours plus tard, le Morning Post publiait un entrefilet annonçant que le mariage du baron Adelbert Gruner avec Mlle Violet de Merville n'aurait pas lieu. Le même journal contenait le compte rendu de la comparution de Mlle Kitty Winter devant le tribunal sous la grave inculpation d'avoir lancé du vitriol. Le procès a fait ressortir de telles circonstances atténuantes que le verdict, on s'en souvient, a été le plus indulgent possible. Sherlock Holmes s'est trouvé menacé de poursuites pour cambriolage, mais quand un objectif est bon et un client suffisamment célèbre, la loi anglaise elle-même devient humaine et élastique. Mon ami ne s'est pas encore assis sur le banc des inculpés.

Arthur Conan Doyle.

Toutes les aventures de Sherlock Holmes

Liste des quatre romans et cinquante-six nouvelles qui constituent les aventures de Sherlock Holmes, publiées par Sir Arthur Conan Doyle entre 1887 et 1927.

Romans

* Une Étude en Rouge (novembre 1887)
* Le Signe des Quatre (février 1890)
* Le Chien des Baskerville (août 1901 à mai 1902)
* La Vallée de la Peur (sept 1914 à mai 1915)

Les Aventures de Sherlock Holmes

* Un Scandale en Bohême (juillet 1891)
* La Ligue des Rouquins (août 1891)
* Une Affaire d'Identité (septembre 1891)
* Le mystère de la vallée de Boscombe (octobre 1891)
* Les Cinq Pépins d'Orange (novembre 1891)
* L'Homme à la Lèvre Tordue (décembre 1891)
* L'Escarboucle Bleue (janvier 1892)
* Le Ruban Moucheté (février 1892)
* Le Pouce de l'Ingénieur (mars 1892)
* Un Aristocrate Célibataire (avril 1892)
* Le Diadème de Beryls (mai 1892)
* Les Hêtres Rouges (juin 1892)

Les Mémoires de Sherlock Holmes

* Flamme d'Argent (décembre 1892)
* La Boite en Carton (janvier 1893)
* La Figure Jaune (février 1893)
* L'Employé de l'Agent de Change (mars 1893)
* Le Gloria-Scott (avril 1893)
* Le Rituel des Musgrave (mai 1893)
* Les Propriétaires de Reigate (juin 1893)

* Le Tordu (juillet 1893)
* Le Pensionnaire en Traitement (août 1893)
* L'Interprète Grec (septembre 1893)
* Le Traité Naval (octobre / novembre 1893)
* Le Dernier Problème (décembre 1893)

Le Retour de Sherlock Holmes

* La Maison Vide (26 septembre 1903)
* L'Entrepreneur de Norwood (31 octobre 1903)
* Les Hommes Dansants (décembre 1903)
* La Cycliste Solitaire (26 décembre 1903)
* L'École du prieuré (30 janvier 1904)
* Peter le Noir (27 février 1904)
* Charles Auguste Milverton (26 mars 1904)
* Les Six Napoléons (30 avril 1904)
* Les Trois Étudiants (juin 1904)
* Le Pince-Nez en Or (juillet 1904)
* Un Trois-Quarts a été perdu (août 1904)
* Le Manoir de L'Abbaye (septembre 1904)
* La Deuxième Tâche (décembre 1904)

Son Dernier Coup d'Archet

* L'aventure de Wisteria Lodge (15 août 1908)
* Les Plans du Bruce-Partington (décembre 1908)
* Le Pied du Diable (décembre 1910)
* Le Cercle Rouge (mars/avril 1911)
* La Disparition de Lady Frances Carfax (décembre 1911)
* Le détective agonisant (22 novembre 1913)
* Son Dernier Coup d'Archet (septembre 1917)

Les Archives de Sherlock Holmes

* La Pierre de Mazarin (octobre 1921)
* Le Problème du Pont de Thor (février et mars 1922)
* L'Homme qui Grimpait (mars 1923)

* Le Vampire du Sussex (janvier 1924)
* Les Trois Garrideb (25 octobre 1924)
* L'Illustre Client (8 novembre 1924)
* Les Trois Pignons (18 septembre 1926)
* Le Soldat Blanchi (16 octobre 1926)
* La Crinière du Lion (27 novembre 1926)
* Le Marchand de Couleurs Retiré des Affaires (18 décembre. 1926)
* La Pensionnaire Voilée (22 janvier 1927)
* L'Aventure de Shoscombe Old Place (5 mars 1927)

À propos de cette édition électronique

Texte libre de droits

Corrections, édition, conversion informatique et publication par le groupe

Ebooks libres et gratuits

http://fr.groups.yahoo.com/group/ebooksgratuits

Adresse du site web du groupe :
http://www.ebooksgratuits.com/

—

13 janvier 2004

—

– Source :
    http://conan.doyle.free.fr/
    http://www.bakerstreet221b.de/main.htm pour les images

– Sites WEB à consulter sur Sherlock Holmes :
    http://www.sshf.com/ Le site de référence de la Société Sherlock Holmes de France
    http://www.sherlock-holmes.org/
    http://conan.doyle.free.fr/

– Dispositions :
Les livres que nous mettons à votre disposition, sont des textes libres de droits, que vous pouvez utiliser librement, à une fin non commerciale et non professionnelle. Si vous désirez les faire paraître sur votre site, ils ne doivent pas être altérés en aucune sorte. **Tout lien vers notre site est bienvenu...**

– Qualité :
Les textes sont livrés tels quels sans garantie de leur intégrité parfaite par rapport à l'original. Nous rappelons que c'est un